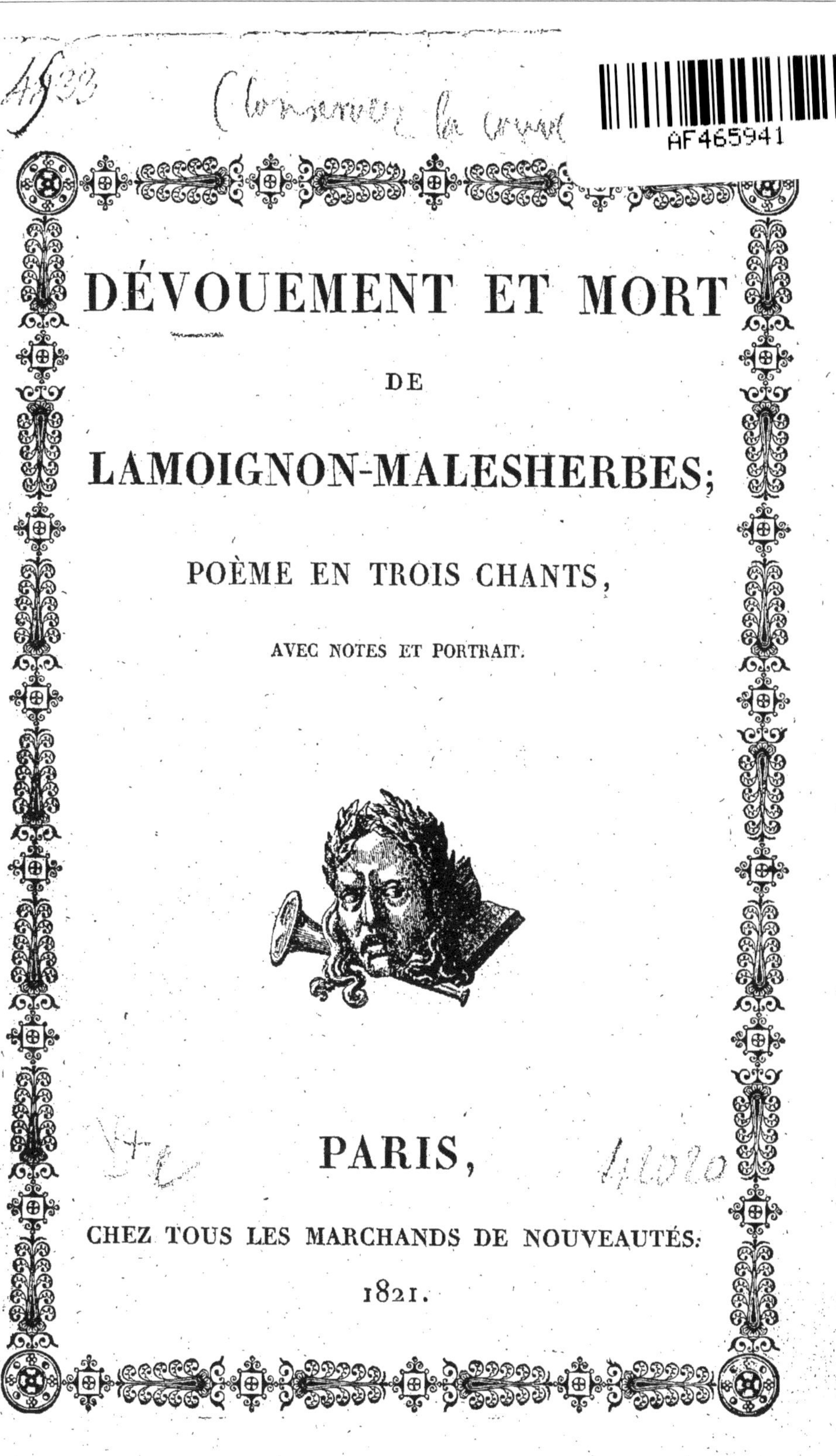

DÉVOUEMENT ET MORT

DE

LAMOIGNON-MALESHERBES;

POÈME EN TROIS CHANTS,

AVEC NOTES ET PORTRAIT.

PARIS,

CHEZ TOUS LES MARCHANDS DE NOUVEAUTÉS.

1821.

MALESHERBES.

Né le 6 X.bre 1721. Mort le 22 Avril 1794.

D'un régime oppresseur, ennemi sans retour,
Sa probité sévère épouvanta la cour.
Son ame citoyenne y parut étrangère.

DÉVOUEMENT ET MORT
DE
LAMOIGNON-MALESHERBES.
POÈME EN TROIS CHANTS.

CET OUVRAGE N'A POINT CONCOURU POUR LE PRIX PROPOSÉ PAR L'ACADÉMIE FRANÇAISE.

> Détestables flatteurs, présent le plus funeste
> Que puisse faire aux rois la vengeance céleste.
>
> RACINE.

PAR D. C.

PRIX, 1 FR. 50 CENT.

A PARIS,
CHEZ TOUS LES MARCHANDS DE NOUVEAUTÉS;
DE L'IMPRIMERIE D'ÉVERAT, RUE DU CADRAN, N°. 16.
1821.

PRÉFACE.

Dès l'enfance j'avais appris à chérir et révérer la mémoire de Lamoignon-Malesherbes. Mon admiration pour ce vertueux citoyen, le modèle des magistrats et des ministres, m'a déterminé à célébrer son noble dévouement. J'ai plutôt consulté mon cœur que mes forces : encore inconnu dans la république des *belles* lettres (je ne parle pas de la république des *bonnes* lettres, nouveau monde presqu'aussi inconnu que moi), peut-être y a-t-il de ma part trop de témérité, de signaler mon début par un ouvrage où le talent, même le plus exercé, trouverait des difficultés pour s'élever à la hauteur d'un tel sujet. La crainte de rester au-dessous ne m'a pas arrêté. *Trahit sua quemque voluptas*.

J'avais résolu de concourir pour le prix proposé par l'Académie; mais emporté au-delà des bornes prescrites pour les pièces de concours, il m'a fallu renoncer à ce projet.

Ami de la justice et de la liberté, j'ai chanté un ami de la justice et de la liberté; je me suis prononcé contre l'émigration, dans son principe, parce que je la considère comme une des causes qui ont accéléré la chute du trône. Je suis loin de confondre les Français qui cherchèrent dans l'exil un refuge contre les proscriptions de la terreur, avec les coryphées du pouvoir absolu qui, en haine des principes constitutionnels, provoquèrent avec l'étranger, par des démonstrations hostiles et d'imprudentes jactances, l'explosion de cette époque. La conduite de Lamoignon est à elle seule la satire la plus sévère de ces hommes qui se prétendent les défenseurs exclusifs de l'autel et du trône.

J'ignore l'art de ces ménagemens timides, de ces concessions pusillanimes, au moyen desquels on altère la vérité au point de la rendre méconnaissable. Partout où la justice n'existe pas, il n'y a que despotisme ou anarchie : je crois n'avoir pas plus épargné l'un que l'autre.

J'ai parlé du procès de Louis XVI, comme il appartient à tout homme impartial et constitutionnel d'en parler. Sans examiner si les reproches adressés à ce malheureux prince sont fondés ou non, sans discuter ni sur le droit divin, ni sur le droit de fait, je me borne à dire qu'inviolable par les lois fondamentales, Louis XVI n'était justiciable d'aucun tribunal.

J'ai cru devoir faire précéder du tableau de la terreur la fin déplorable de Lamoignon. On ne saurait trop reproduire de pareilles peintures : leur effet salutaire est d'inspirer une profonde horreur pour tous les attentats juridiques décorés du nom de justice. Puissent ces exemples effrayer quiconque serait tenté de marcher sur les traces sanglantes des Laubardemont et des Fouquier, de toutes les époques et de toutes les causes !!!

Sous le rapport des principes politiques, il était difficile, ou, pour mieux dire, impossible de traiter un tel sujet à la satisfaction de tout le monde. Aussi je ne me flatte pas d'avoir atteint ce but : mais en parlant le langage de la justice et de la raison, n'est-on pas toujours certain d'être entendu du plus grand nombre des Français? Que peut-on désirer de plus?

Je borne là mes réflexions préliminaires : c'est au public à y ajouter les siennes, sur le mérite littéraire de l'ouvrage que je lui soumets.

DÉVOUEMENT ET MORT

DE

LAMOIGNON.

POÈME.

CHANT PREMIER.

Célébrez à l'envi les triomphes de Mars,
O vous, admirateurs du plus cruel des arts!
Vantez ses favoris, et couronnez leur tête
Des lauriers moissonnés au fort de la tempête;
Moi, je peins la vertu : ses modestes exploits
Aux accords de la lyre ont aussi quelques droits :
De ses héros du moins les palmes méritées
De larmes et de sang ne sont pas humectées;
Leur gloire est toujours pure. Illustre Lamoignon!
Qui ne s'attendrirait en prononçant ton nom?
Qui n'a point admiré ton dévoûment sublime?
Hélas! tu t'es perdu sans sauver la victime.

En ces longs jours de deuil, quel peuple policé
A ton sort malheureux ne s'est intéressé?
L'Europe par ses pleurs honora ta mémoire.
A nos derniers neveux les fastes de l'histoire
Transmettront d'un tel fait l'immortel souvenir.
Tant de grandeur est due aux siècles à venir;
Et ton ombre, debout sur l'abîme des âges,
De la postérité recevra les hommages.
J'ai vu, dans nos palais, des flots d'adulateurs
A des dieux passagers mendier des faveurs,
Et prodiguer, sans honte, aux jours de la disgrace,
A ces dieux renversés l'outrage et la menace.
J'ai vu le vice altier remplacer les vertus,
L'honneur sacrifié sur l'autel de Plutus,
La bassesse enrichie adorer l'esclavage,
Du sol qu'il défendait proscrire le courage;
Et des profanateurs, aux farouches regards,
Jusques sous leurs parvis, poursuivre les beaux-arts.
Aux idoles des cours, indépendante et fière,
Ma main n'offrit jamais un encens mercenaire.
Je n'ai point à rougir de ces honteux écrits
Dont on ose accabler le malheur des proscrits.
Dans mon premier essor, je prends l'honneur pour guide:
Qui méprise Séjan peut chanter Aristide.
Amour de la vertu, viens animer mes chants;
Respire dans ces vers et rends-les plus touchans!
Noble indignation, toi que le crime inspire,
Viens m'embraser aussi de ton brûlant délire!

Tous les deux tour-à-tour partagez mes accords.
Esclaves des faveurs, respectez mes transports ;
La voix d'un vrai Français n'est point adulatrice.
Peuples et potentats, révérez la justice ;
Le Ciel, qui dans notre ame en grave les saints droits,
N'affranchit nul mortel du joug sacré des lois.
Tremblez, quand de Thémis vous verrez la balance
Vaciller incertaine, au gré de la puissance.
Il n'était plus, ce temps où, d'un heureux destin
Croyant déjà saisir l'avenir incertain,
Les cœurs, électrisés par la douce espérance,
S'empressaient d'applaudir au réveil de la France ;
Quand Louis, de son sceptre abaissant la fierté,
Fondait l'accord du trône et de la liberté ;
Au mérite immolait l'orgueil du privilége,
De l'amour des Français composait son cortége,
Et, de nos droits conquis monarque protecteur,
Méritait le surnom de leur restaurateur. (1
Quels biens nous promettaient tant d'heureuses prémices !
Mais bientôt éclata l'orage des comices.
Une ligue imprudente irrita les esprits. (2
La discorde agita ses torches sur Paris :
De leurs feux dévorans l'activité funeste
De la France en délire embrasa tout le reste.
Septembre ! mois funèbre ! Ah ! de tes premiers jours
Quels massacres affreux signalèrent le cours !....
Mais plus fatal encor le jour où l'anarchie,
Sous ses pieds teints de sang foulant la monarchie,

Avec elle aussitôt détruisit à-la-fois
La paix, la liberté, la justice et les lois.
Quel changement! Déjà l'ère républicaine
Préparait à la France une nouvelle chaîne.
Déjà n'existait plus ce pacte social,
Du Prince et de l'État lien fondamental :
La cour, en ébranlant ce rempart tutélaire (3,
Se priva pour toujours d'un appui nécessaire;
Et compromettant tout, voulant tout conserver,
Elle perdit son prince au lieu de le sauver.
Ce que ses faibles mains en secret commencèrent,
Bientôt ouvertement les partis l'achevèrent.
Dès ce jour, plus de frein. Le monarque français
Du Louvre s'exila pour n'y rentrer jamais.
C'est au fond d'une tour que le sort qui l'oppresse
Lui fait pour des ingrats expier sa tendresse.
Faible dans la grandeur (4, fort dans l'adversité,
Il bornait à souffrir, toute sa fermeté.
L'excès de tant de maux ranime son courage;
Mais le sort lui réserve un plus sensible outrage.
L'imposture déjà proclame ses forfaits,
Et le couvre du sang versé dans son palais,
Alors qu'avec fureur une foule égarée,
Sur des corps expirans en vint forcer l'entrée.
Comme un vil criminel, on veut l'interroger.
On veut plus.... quel délire! on prétend le juger.
Le jour fatal approche où, prêt à se défendre,
A se justifier Louis devra descendre.

Il a sur deux conseils laissé tomber son choix.
Qui le croirait? l'un deux lui refuse sa voix. (5
Grand Dieu ! le meurtrier dont on poursuit les crimes,
Dont la main fume encor du sang de ses victimes,
Dans la publique horreur du moins trouve un appui;
Un défenseur s'élance entre la mort et lui;
Et le roi des Français..... ô comble de misère!
Il ne peut obtenir ce triste ministère.
Quel destin! quelle injure il lui faut dévorer!
Ah! n'en rougissons plus : prompt à la réparer,
Plus d'un cœur généreux prêt à servir sa cause,
Sur ce refus barbare, aussitôt se propose;
Mais quel est ce Français (6, qui sous le poids des ans,
Vient braver le courroux de nos nouveaux tyrans?
« Citoyens, leur dit-il, appelé près du trône,
» Deux fois, dans le conseil, j'ai servi la couronne,
» Lorsque l'ambition dévorait cet emploi;
» Je le réclame encor, c'est un devoir pour moi
» De remplir cette charge avec le même zèle,
» Quand on fuit les périls qu'on croit voir autour d'elle.»
Qui ne reconnaîtrait à tant de dignité
L'ami de la justice et de l'humanité?
Ah! que n'a-t-il toujours dirigé la puissance!
Il conspirait si bien le bonheur de la France!
Il chérissait le peuple, et loin de le fouler,
Il essuya des pleurs et n'en fit point couler.
 Lamoignon! ton nom seul vaut un panégyrique. (7
Conduite par ta main, la liberté publique,

Dont tes mâles accens revendiquaient les droits,
S'étonna de se voir admise auprès des rois.
Tu brisas dans tes mains l'arme lâche et perfide
Que forgea des tyrans la fureur homicide :
Arme dont on abuse au nom du souverain,
Qui remplit les cachots sous un prétexte vain,
Des ministres cruels assouvit la vengeance,
Passe à côté du crime, et frappe l'innocence.
D'un régime oppresseur ennemi sans retour,
Ta probité sévère épouvanta la cour :
Ton ame citoyenne (8 y parut étrangère.
Dans l'antre des abus tu portas la lumière ;
Mais le prince faiblit : au mal invétéré
Sa main n'ose appliquer un remède assuré.
Alors la vérité, désormais inutile,
Se tait, cède à l'intrigue, et la vertu s'exile.
   Triomphez, courtisans (9, fléau des nations,
Artisans éternels de leurs divisions ;
Triomphez ; jouissez d'une telle défaite.
La patrie est en deuil! Tremblez! dans leur retraite,
Deux amis de la France en emportent les vœux,
Et le mépris s'attache à vos fronts orgueilleux.
   Loin des cours, dédaignant la faveur incertaine,
Lamoignon s'éteignait, sans regrets et sans haine ;
Mais l'heure du péril a sonné pour son roi :
Vous fuyez ; il accourt : incapable d'effroi,
D'une nouvelle ardeur sa grande ame palpite.
S'il prouve son amour, ce n'est point par la fuite ;

Et sa fidélité va soudain se ranger
Au poste de l'honneur, au poste du danger.
Quand le destin sur nous fait tomber sa colère,
D'un ami qui nous plaint que la présence est chère!
Nous puisons dans ses bras l'oubli de nos tourmens.
La douleur dort au sein des doux épanchemens,
Et l'espoir se ranime en notre ame flétrie.
Fille auguste du ciel, divinité chérie,
Amitié! d'où vient donc que l'oreille des rois
S'obstine à repousser les accens de ta voix?
Mais Louis te connut, en portant la couronne;
Qu'il te connaisse encor lorsque tout l'abandonne.
Viens guider Lamoignon... Le juste au cheveux blancs,
Vers la fatale tour s'avance à pas tremblans.
La grandeur y gémit sur les bords d'un abîme.
A l'aspect de ces murs, fameux par plus d'un crime,
Il s'arrête, s'émeut, détourne son regard,
Et moderne Blondel, pleure un nouveau Richard.
Puis il reprend courage, et se présente aux portes
Où veillent, jour et nuit, de farouches cohortes.
Quel pénible examen il lui faut endurer! (10
Enfin, sous ces guichets il ose pénétrer.
Allez, ange de paix, allez; que l'espérance,
Se glissant sur vos pas dans ce lieu de souffrance,
Adoucisse l'horreur de la captivité.
Dans ses affections Louis persécuté, (11
Privé des siens, pressé d'un desir inutile,
Consumait en regrets sa tendresse stérile.

Il pressentait sa fin, et son cœur paternel
Méditait en secret cet acte solennel [12]
Qu'il légua pour adieux à notre ame attendrie.
La sienne s'élevait vers une autre patrie;
Quand soudain, de la tour éveillant les échos,
Le fracas des verroux interrompt ses travaux.
Son cœur bat, agité d'un trouble involontaire.
Le bruit redouble, on ouvre, il voit.... dieu tutélaire!
Un ange est descendu visiter sa prison.
« C'est vous, » s'écria-t-il, « ô mon cher Lamoignon! »
Aussitôt dans ses bras le roi se précipite;
Il le tient, cet ami sur son sein qui palpite,
Il le presse en silence, il l'arrose de pleurs,
Et semble, en l'embrassant, oublier ses malheurs.
Ce n'est point un monarque orné du diadème,
Qui, jaloux de garder l'éclat du rang suprême,
Daigne à peine sourire, et voit avec fierté
Les respects qu'un sujet rend à sa dignité;
C'est un homme attendri par la reconnaissance.
Des rangs l'adversité rapproche la distance.
Quelle leçon pour vous, dont les cœurs sans pitié
Dédaignent les plaisirs de la sainte amitié,
Parasites des cours, qui d'une voix commune,
Encensez le pouvoir que soutient la fortune!
Que n'êtes-vous témoins de ce touchant tableau!
Combien vous rougiriez d'un dévoûment si beau!
Ce ministre éclairé, pour vous seuls trop austère,
Que la déloyauté contraignit à se taire,

Dont le prince n'osa protéger les vertus,
Quand vous disparaissez, quand le trône n'est plus,
Brûlant à son déclin d'une flamme céleste,
Prêt à rendre la vie, en ranime le reste,
Et fidèle à ce roi, jusqu'au dernier soupir,
Accourt le consoler, le défendre et mourir.
Et l'on méconnaîtrait un si noble courage!
Héroïsme du cœur! chacun te rend hommage.
Ainsi, dans leur fureur, quand les autans fougueux
Font ployer des forêts le roi majestueux,
Des habitans des airs la troupe épouvantée
Fuit d'un rapide vol de sa cime agitée;
Mais le lierre, toujours fidèle à son appui,
L'embrasse, se relève ou succombe avec lui.
Ah! ne nous bornons pas à louer ce grand homme.
Desèze, et vous, Tronchet, souffrez que je vous nomme.
Émules généreux, votre rivalité
Vous a fait partager son immortalité.
Qui pourrait oublier cette ardente constance,
Tant d'obstacles vaincus dans un travail immense,
Toutes ces nuits qu'en vain réclamait le sommeil,
Et cette activité dont l'effort sans pareil,
Pour combattre à-la-fois la haine et l'imposture,
Sut triompher du temps, sut dompter la nature? (1)

CHANT DEUXIÈME.

Cependant des Français le sénat inhumain,
Qui déteste les rois et règne en souverain,
Qui veut la France libre, et, pour le rang suprême,
Verra les factions le dévorer lui-même,
Traduit, mande à sa barre un prince infortuné!..
O destin! un monarque en coupable traîné!...
Entendez-vous ces cris? voyez-vous de Septembre (1)
Les assassins rangés autour de cette chambre?
Et dans quel sang nouveau ces tigres ameutés
Vont-ils plonger encor leurs bras ensanglantés?
Des députés suspects ils menacent la tête :
La terreur les entoure, et son poignard s'apprête
A percer le premier qui, par un noble effort,
Tentera d'arracher la victime à la mort.
Tandis qu'elle exaspère une foule troublée,
La discorde au-dedans divise l'assemblée.
Ce n'est plus ce sénat, sage avec fermeté,
Qui vint, pour l'affermir, borner la royauté,
Renversa, détruisit le dédale gothique
De cet amas de lois d'un pouvoir despotique ;

Du monstre féodal étouffa les complots;
Et recueillit enfin, pour prix de ses travaux,
La haine des flatteurs et l'amour de la France.
L'esprit d'ordre a fait place à l'esprit de vengeance.
Les uns, perfidement démocrates outrés,
Cachent l'ambition dont ils sont dévorés.
Ils suivent à regret le torrent populaire;
Et destinant leur chef au trône héréditaire,
Nourrissent en secret le criminel espoir
De gouverner l'état sous un roi sans pouvoir.
Près d'eux siége la foule ardente, impétueuse,
Dont le groupe s'élève en montagne orageuse;
Pareille à ces volcans dont le sein sulfureux
Vomit en bouillonnant des tourbillons de feux.
Dans le sommeil des lois, leur audace enhardie
Rêve, en s'y préparant, le meurtre et l'incendie,
Impatiens de voir leur pays dévasté
Sous le niveau sanglant de leur égalité.
D'autres aiment la France, et ne chérissant qu'elle,
Ont pour sa liberté poussé trop loin leur zèle;
Amans passionnés des antiques vertus,
Ils eussent fait honneur aux siècles des Brutus.
Quelques hommes de bien qu'outrage la licence,
Que la terreur comprime et condamne au silence,
Sont contraints de céder à la majorité.
La vertu sur la terre est en minorité.

Le voilà donc ce roi d'un si puissant empire,
Ce roi dont on briguait jusqu'au moindre sourire;

Objet des vœux publics dans les jours solennels,
Dont le sang et les droits semblaient être éternels:
Le voilà..... quel spectacle!... ô chute épouvantable!
Devant un tribunal terrible, inexorable!...
Son regard de son ame annonce encor la paix;
Mais comme l'infortune a sillonné ses traits! (2
Où sont-ils, tous ces grands, cette pompe royale,
La cour et ses flatteurs, apôtres du scandale;
Cette garde imposante et cette majesté,
Apanage du trône et de l'autorité?
Ce sceptre, cette cour, cette pompe éphémère....
Tout s'est évanouï, comme une ombre légère
Que l'aquilon tourmente et dissipe à-la-fois.
Des imposteurs titrés il n'entend plus la voix.
Dès qu'il fut malheureux, sa cour devint déserte.
Ils l'égaraient; leur fuite accéléra sa perte.
O vous, qui lui restez contre tant d'ennemis!
Derniers soutiens du trône, ou plutôt de Louïs,
Défenseurs, levez-vous; que votre voix tonnante
Réveille les remords dans cette chambre ardente.
Ils parlent: tout se tait, tout est calme autour d'eux,
L'éloquence contient jusqu'aux plus furieux.
On dit (le croira-t-on? ô pouvoir de ses charmes!)
Qu'à des yeux inhumains elle arracha des larmes:
Oui, quelques êtres vils, prêts à vociférer,
Pour la première fois, apprirent à pleurer; (*)

*) On rapporte que, parmi les séditieux, dont la faction de Robespierre garnissait les tribunes de la Convention, plusieurs furent attendris jusqu'aux larmes.

La pitié pénétra dans leur ame surprise.
Desèze, tout-à-coup, par un trait de franchise,
Accable de son roi les fiers persécuteurs.
« Je ne vois parmi vous que des accusateurs, »
Dit-il, et de l'honneur regardant ces transfuges,
Semble les recuser et demander des juges.
A ce beau mouvement, la honte, le dépit,
Se peignent tour-à-tour sur leur front interdit.
Louis alors se lève et leur dit: « Ma défense
« Est d'accord, je le jure, avec ma conscience.
« Quiconque est sans reproche aime la vérité.
» J'en ai toujours chéri, recherché la clarté.
» Je n'ajouterai rien : vous devez la connaître.
» Pour la dernière fois vous m'entendez peut-être ;
» Mais d'un reproche affreux mon cœur est déchiré.
» En quel temps, par quel fait, me le suis-je attiré?
» Moi, répandre le sang!.... cette horrible pensée
» Entra-t-elle jamais dans mon ame oppressée?
» Hélas! combien de fois, sans consulter mon rang,
» Je me suis exposé pour épargner le sang! »
Ces discours, écoutés dans un profond silence,
Avaient, quelques instans, calmé la violence ;
Mais à peine Louis a-t-il quitté ces lieux,
Le silence a fait place aux cris des factieux. (3
On eût dit que des lois le sacré sanctuaire
Devenait une arène horrible, meurtrière,
Où des gladiateurs, prêts à se massacrer,
De leurs sanglantes mains allaient se déchirer.

« Hâtons-nous, criaient-ils dans leur sombre furie,
» Punissons le despote et vengeons la patrie. »
En vain quelques Français parlent d'humanité, (4
Ces nouveaux Phalaris repoussent l'équité;
La vengeance est le dieu que leur haine consulte.
Tandis qu'on délibère au milieu du tumulte,
D'une salle voisine, attentif et tremblant,
Malesherbes flottait dans un doute accablant;
Tour-à-tour il espère, appréhende, se flatte;
Il rêve un jour serein, lorsque l'orage éclate.
Bientôt, désabusé d'une aussi douce erreur,
Il se trouble et frémit: en proie à la terreur,
D'un noir pressentiment il ne peut se défendre.
Le cri, le cri de mort soudain se fait entendre.
Louis.... ah! quelle horreur! juste ciel! contre lui
Son sang, son propre sang se soulève aujourd'hui!....
A ce cri Lamoignon et frissonne et chancelle;
La force l'abandonne : en sa douleur mortelle,
Environné déja des ombres de la nuit,
Il ne voit, n'entend rien, tombe et s'évanouït.
Il est enfin rendu, cet arrêt exécrable.
C'en est fait... oui... la mort!.. ce mot épouvantable
Redit par les échos de la postérité,
O juges! vous condamne à l'immortalité.
Des liens du trépas Lamoignon se dégage.
De ses sens ranimés il a repris l'usage.
Hélas! il vit encore, il vit, mais pour souffrir.
Vaincu par la douleur, que n'a-t-il pu mourir!

Mais puisqu'enfin le Ciel autrement en ordonne,
A ses sages décrets son ame s'abandonne.
Il veut, se surpassant par un dernier effort,
Annoncer à son roi la sentence de mort.
Il paraît devant lui. Sa morne contenance,
Ses yeux gonflés de pleurs, son lugubre silence,
Ne laissent plus de doute au malheureux Louis :
Ce langage muet, il l'a déjà compris.
Sire, dit Lamoignon, vous avez du courage.....
Il s'arrête ; les pleurs inondent son visage,
Et sa douleur, plus forte en achevant ces mots,
Trompant tous ses efforts, s'exhale en longs sanglots;
Mais Louis..... un rayon d'espérance et de joie,
Tout-à-coup sur son front éclate et se déploie :
Vous m'aimez, Lamoignon! Ah! ne m'enviez pas
L'asile qui me reste au-delà du trépas :
Nous nous y reverrons. — Sire, espérez encore;
Peut-être en ce moment... oui, le Ciel que j'implore,
Daignera d'un sursis favoriser mes vœux.
Vous fûtes bienfaisant : le peuple est généreux.
— Non, plus d'espoir : à tout ne dois-je pas m'attendre?
Mon sang sur l'échafaud va bientôt se répandre.
J'en fais le sacrifice à ce peuple égaré ;
Ah! puisse-t-il, ce sang, dont on est altéré,
Le sauver des horreurs que pour lui je redoute.
Malesherbes, au nom du Dieu qui nous écoute,
Calmez ce désespoir.... séchez vos pleurs: un jour....
Oui, le ciel nous promet un plus heureux séjour.

Il dit ; et sur le sein de cet ami fidèle
Goûte déjà la paix d'une vie immortelle.
Court instant de bonheur ! Pressez-vous d'en jouir :
Aussi prompt que l'éclair il doit s'évanouïr.
Du sort qui vous poursuit tel est l'arrêt barbare.
  Hélas ! elle a sonné, l'heure qui les sépare.
Malesherbes s'éloigne, en proie au désespoir,
De l'auguste client qu'il ne doit plus revoir.
Il ne pressentait pas une éternelle absence,
Lorsque, d'un prompt retour lui donnant l'assurance,
Son cœur impatient, qui le croyait certain,
Se flattait d'un plaisir remis au lendemain.
Trompeuse illusion ! ô douleur imprévue !
En vain il redemande une si chère vue ;
Les portes de la tour pour lui ne s'ouvrent plus. (5
Alors, las d'exhaler des regrets superflus,
Désertant une ville et de sang et de boue,
Où le crime triomphe, où la justice échoue,
Pour n'être pas témoin d'un jour souillé d'horreurs,
Il court dans la retraite ensevelir ses pleurs.
  Paris l'a vu, ce jour de lugubre mémoire,
Ce jour.... que ne peut-on l'effacer de l'histoire !
O spectacle effrayant des caprices du sort !
Je crois le voir, ce fer, instrument de la mort,
Tout prêt à retomber pour consommer le crime ;
Les sacrificateurs, l'autel et la victime !...
L'astre du jour pâlit et se cache d'effroi (6.
Du crêpe des douleurs, ô France ! couvre-toi.

D'un déluge de maux c'est l'horrible prélude.
Ton prince en frémissait, et sa sollicitude
De ces maux à venir se faisait un tourment.
Ainsi parut Abel, à son dernier moment,
Quand, tombant sous les coups d'un meurtrier farouche,
L'innocent expirait, le pardon sur la bouche.

CHANT TROISIÈME.

Tandis que la terreur lève ses étendards,
La vengeance en secret aiguise des poignards :
Bientôt vont s'accomplir ces craintes prophétiques
D'un roi qu'attendrissaient les souffrances publiques.
Sur son sang répandu que de sang doit couler!
Cet avenir terrible, il va se dérouler.
Malheur au citoyen, qui, dans ce temps d'orage,
A l'audace du crime opposa son courage;
Le crime le dévoue à ses ressentimens.
Pour toutes les vertus il a des châtimens.
Lui seul règne; des lois il usurpe l'empire.
La mort va le venger de l'horreur qu'il inspire;
Mais pour ses vils suppôts n'est-il plus aucun frein?
Le peuple plîra-t-il sous leur joug inhumain?
Hélas! de la terreur esclave involontaire,
Il sert, sans le savoir, un parti sanguinaire:
Tandis que sa valeur, fatale aux potentats,
Se promène en triomphe au sein de leurs états;
Qu'au sommet de leurs tours, le drapeau qu'elle arbo.
Livre, abandonne aux vents sa flamme tricolore;

L'étranger dans nos murs brave encor les Français ;
Les punit par leurs mains de leurs propres succès,
Et dans l'ombre, suivant son infernal système,
Combat la liberté par la liberté même.
Les plus grands ennemis de cette liberté,
Une pique à la main prêchent l'égalité.
Aveugler et trahir, voilà leur politique.
Aux accens imposteurs de leur voix anarchique,
Nos champs épouvantés se couvrent d'échafauds,
Et le sang le plus pur est promis aux bourreaux ;
Il coule.... son murmure appelle la vengeance.
L'oppression bientôt arme la résistance.
Désormais l'assassin connaîtra le danger ;
Le proscrit ne veut plus se laisser égorger ;
Et la guerre civile et la guerre étrangère
Vont unir leurs fureurs pour dévaster la terre.
Alors on voit s'ouvrir ces antres infernaux,
Repaires décorés du nom de tribunaux,
Où des monstres cruels, de pleurs, de sang avides,
Vont rendre désormais leurs arrêts homicides.
Ils sont tout-à-la-fois juges, accusateurs. (1)
L'enfer déchaîne encor d'infâmes délateurs,
Qui provoquent la plainte, et cherchent à surprendre
Un soupir étouffé qu'on craint de faire entendre.
Il n'est plus d'abri sûr contre la trahison ;
On la trouve partout : dans sa propre maison,
En public, dans les fers, au sein de la tendresse....
Des prix sont accordés à la scélératesse ;

Et quand les prévenus encombrent les cachots,
Les tyrans pour les perdre enfantent des complots;
Et le char de la mort roule et porte aux supplices
Ces suspects étonnés de se trouver complices. [2]
Tel d'agneaux gémissans un timide troupeau
Qu'une marque réserve et signale au couteau,
Sans espoir de retour, sort de la bergerie,
Et tremblant, inquiet, marche à la boucherie.
D'avance condamnés, ainsi les détenus,
Sans être interrogés, à peine reconnus,
Des humides cachots délaissant la nuit sombre,
Des Français égorgés s'en vont grossir le nombre,
Peuples infortunés! voilà par quels moyens
On décima toujours vos meilleurs citoyens.
Sur leurs pas (que ne peut l'or de la tyrannie!)
Des organes vendus sèment la calomnie.
Comme un reptile impur gonflé de noirs poisons,
L'imposture s'attache aux plus illustres noms;
Et la hache en tombant achève son ouvrage.
Que ne périssiez-vous dans les champs du carnage,
Guerriers couverts de gloire, à la haine immolés!
Cette tombe était due à vos corps mutilés.
La valeur, les talens sont travestis en crimes,
Vous succombez comme eux, orateurs magnanimes: [3]
En vain dans le sénat votre éloquente voix
Foudroyait l'anarchie, et demandait des lois;
Les monstres rugissans, que le frein importune,
Traînent à l'échafaud l'honneur de la tribune.

Pleurant ses défenseurs ,. avec la France en deuil
L'auguste liberté gémit sur leur cercueil.
Quel siècle plus fertile en meurtres juridiques!
D'un tribunal de sang les membres frénétiques ,
Séides forcenés de lâches proscripteurs , (4
De leur justice affreuse abrègent les lenteurs ;
Et ce que l'avenir aura peine à comprendre ,
L'innocence a perdu le droit de se défendre!...
Les liens sont rompus. On s'évite , on se fuit.
Le frère fugitif, que la terreur poursuit,
Chez son frère effrayé ne trouve plus d'asile ,
Et du toit paternel le fils même s'exile.
Chacun s'isole et tremble. Un homme toutefois ,
Malesherbes , du sang ose écouter la voix :
Un parent, un ami devant lui se présente ; (5
Le glaive est suspendu sur sa tête innocente.
L'abandonnera-t-il à son funeste sort?
Que faire? L'accueillir, c'est provoquer la mort ;
Mais toujours bienfaisant dans la stupeur commune ,
Il ouvre encor son ame au cri de l'infortune.
Le danger l'environne et ne l'arrête pas.
Hélas! du malheureux on a suivi les pas ;
Découverte aussitôt , sa retraite est cernée ;
Il tombe entre les mains d'une troupe effrénée ;
Et voit ses bienfaiteurs , à son destin liés ,
Chancelans sur l'abîme entr'ouvert sous ses pieds.
La pitié généreuse est traitée en rebelle :
Tinville et ses suppôts la jugent criminelle ;

Ils n'osent toutefois soutenir le regard
Qu'avec calme sur eux promène le vieillard,
Qui, les accablant tous par sa seule présence,
N'oppose à leurs clameurs qu'un modeste silence.
Sa famille l'entoure : elle n'offre à punir
Qu'un nom et des vertus qu'ils ne sauraient ternir.
Ces juges-assassins ont perdu leur audace : (6
Sur leur bouche muette expire la menace.
Ils balancent..... Venez, opprimés qu'il vengea,
Orphelins délaissés que sa main soulagea,
Pauvres dont ses bienfaits recherchaient la misère;
Accourez tous : bientôt vous n'aurez plus de père.
De vos cris à-la-fois effrayez ces pervers;
Il en est parmi vous dont il brisa les fers :
Au défaut de ces fers, montrez, dans cette enceinte,
Sur vos bras affranchis leur rouille encore empreinte;
Ou plutôt, n'écoutant qu'un trop juste courroux,
Armez-les et frappez : on bénira vos coups.
Eh quoi!... vos faibles mains n'osent prendre les armes!
Pour venger la vertu vous n'avez que des larmes!
Quand on va l'égorger, qu'importent vos douleurs?
C'est trop gémir; versez du sang et non des pleurs.
Vain espoir! Peuple mou qui ne sait que se plaindre!...
Pour les seuls étrangers son courage est à craindre.
De tels juges l'arrêt ne peut être douteux :
N'est-on pas criminel, dès qu'on est vertueux?
Dans un calme apparent leur fureur assoupie
Se réveille; la mort sort de leur bouche impie;

Lamoignon l'attendait sans crainte, sans fierté;
Il reçoit cet arrêt avec sérénité.
Ah! sous d'injustes coups quand sa vertu succombe,
Que peut-il regretter?... Son pied touche à la tombe.
Que dis-je? Sur lui seul il ne sait pas gémir;
Mais, père indifférent, peut-il voir sans frémir
Sa fille et son époux, au midi de leur âge,
Entraînés avec lui dans un commun naufrage,
Leur fille, vierge encor, jeune espoir de l'amour, (*
Et qui du chaste hymen ne verra point le jour?
Quel tableau déchirant pour un cœur aussi tendre!
Mais les bourreaux sont prêts, et se lassent d'attendre;

*) C'est une erreur; elle était mariée, et son époux périt avec elle. Je voulais changer ce passage; mais, toute réflexion faite, je l'ai laissé subsister, parce qu'il ajoute un trait de plus au tableau de cette effroyable époque. Comme au temps de Sylla, les femmes non-seulement furent proscrites; mais combien de jeunes filles, à peine au sortir de l'adolescence, reçurent la mort, sans que ni leur tendre jeunesse, ni leur innocence, ni leurs charmes pussent amollir le cœur de leurs bourreaux.

On me saura gré, sans doute, de rappeler ici les vers si touchans que la jeune Trudaine de la Sablière, l'une de ces vierges-martyres, avait tracés sur les murs de sa prison. Les voici:

La fleur, laissant tomber sa tête languissante,
Semble dire au zéphir: Pourquoi m'éveilles-tu?
Zéphir, ta vapeur bienfaisante
Ne rendra point la vie à mon front abattu.
Je languis; le matin à ma tige épuisée
Apporte vainement le tribut de ses pleurs;
Et les bienfaits de la rosée
Ne ranimeront point l'éclat de mes couleurs.
Il approche, le noir orage!
Sous l'effort ennemi d'un souffle détesté
Je verrai périr mon feuillage.
Demain le voyageur, témoin de ma beauté,
De ma beauté sitôt flétrie,
Viendra pour me revoir, ô regrets superflus!
Il viendra; mais dans la prairie
Ses yeux ne me trouveront plus.

Les instans sont comptés... les Cieux, les justes Cieux
Resteront-ils toujours froids et silencieux?
A qui réservent-ils les éclats de leur foudre?
Pourquoi ces échafauds ne sont-ils pas en poudre,
Les bourreaux écrasés, ainsi que les tyrans?
Aux succès de l'enfer sont-ils indifférens?
La horde des brigands, que leur sommeil protége,
Autour des condamnés forme un affreux cortége.
Il part : des hurlemens, mille fois répétés,
Font frémir mille fois les airs épouvantés;
Et pour comble d'horreur, l'outrage, l'ironie,
Des victimes du jour tourmentent l'agonie!
Le tombereau s'avance, et le pavé glissant
Retentit d'un bruit sourd sous l'essieu gémissant.
La terreur le dirige, et la mort le précède.
Du plus loin qu'on le voit, tout s'écarte, tout cède;
Et la Seine effrayée, en entendant ces cris,
Précipite sa course et fuit loin de Paris.
Martyre des vertus, cette famille illustre,
Dans ce trajet infâme acquiert un nouveau lustre.
Son vénérable chef, déguisant ses douleurs,
Étouffant ses soupirs, et dévorant ses pleurs,
Quand leur destin cruel en secret le désole,
Sourit à ses enfans, leur parle, les console,
Et tournant ses regards vers l'empire azuré,
Leur indique de l'œil ce refuge assuré;
Céleste champ-d'asile et divin héritage
Qu'aux justes l'Eternel a promis en partage;

Terme des maux, séjour d'une immortelle paix.
  Déjà le char funèbre a dépassé les quais,
Et la foule, à l'aspect d'une nouvelle proie,
Du pied de l'échafaud fait éclater sa joie.
Le cortége féroce y répond ; et des mains
Il ose encourager ces transports inhumains!....
Ah! de la liberté ne voit-on pas l'image?
Qu'un voile sépulchral lui couvre le visage!
Son empire est détruit; un généreux effort
A produit aux Français l'esclavage et la mort!
Aujourd'hui le plus juste est conduit au supplice.
Et de ces noirs excès on la rendrait complice!
Par eux le despotisme est toujours enfanté;
Mais toujours des vertus naquit la liberté.
  C'est près de sa statue, et sur la place même
Qui du roi des Français vit le moment suprême,
Que paraît dans les airs l'instrument odieux.
Lamoignon l'aperçoit, et tranquille, des yeux
De l'échafaud au ciel mesurant l'intervalle,
Monte, et veut le franchir; mais la hache fatale
Un instant pour lui seul a suspendu ses coups.
Périssant le premier, son sort serait trop doux.
Raffinement cruel! comble de barbarie!
Trois fois le fer abat une tête chérie :
Trois fois le fer s'élève, et trois fois sur son sein,
Ce père infortuné sent le fer assassin.
Il s'incline lui-même, et victime dernière,
Livre à l'exécuteur sa tête octogénaire :

Il tombe, tout couvert d'un sang si précieux,
Et son royal ami le reçoit dans les cieux.
O terreur! ô vengeance! ô discordes civiles!
Vos sanglantes leçons seront-elles stériles?
Jouets aussi long-temps de ténébreux complots,
Naufragés échappés à la fureur des flots,
Ah! n'allons pas encor d'une mer dangereuse
Tenter imprudemment l'inconstance orageuse;
Et du port tutélaire abandonnant l'abri,
De la détresse en vain faire entendre le cri.
Écoutons!... Le front ceint d'une palme immortelle,
Au tombeau de Louis, Lamoignon nous appelle:
Reconnaissons sa voix. Dans un profond oubli
Que le passé pour nous expire enseveli.
Sur ce tombeau sacré déposons notre haine.
Comblons le précipice où la fureur entraîne.
Louis, du haut des cieux, nous invite à la paix;
Ce vœu, son frère aussi le répète aux Français.
Sous l'empire des lois, ennemi du caprice,
A l'ombre des lauriers que l'olivier fleurisse.
Renaissez, jours heureux de la fraternité!
Puissions-nous tous enfin chérir la liberté,
Et, ne repoussant plus les bienfaits qu'elle accorde,
Élever dans nos cœurs un temple à la concorde.

Voir Dimanche-Illustré du 10-1-1926
(Excelsior-Dimanche)
art. de Jean Bernard

NOTES

DU CHANT PREMIER.

1) PAGE 9, VERS 18.

Méritait le surnom de leur restaurateur,

Peu de personnes ignorent que Louis XVI fut proclamé le *Restaurateur de la liberté française*. Une médaille en conserve le souvenir. (*Voyez* sa défense).

2) PAGE 9, VERS 21.

Une ligue imprudente. . . . .

On ne peut disconvenir que l'intervention étrangère et l'émigration donnèrent à la révolution une direction funeste. Ces deux causes en précipitèrent le cours, et amenèrent les résultats déplorables qui ont bouleversé la France.

3) PAGE 10, VERS 7.

La cour, en ébranlant ce rempart. . . . . .

La haine de la Cour pour les principes constitutionnels, sentiment qu'elle ne prenait même pas la peine de déguiser, ne contribua pas peu à accélérer la chute du trône. Si elle s'était ralliée franchement aux Constitutionnels, tout porte à croire que la journée du 10 août n'aurait point eu lieu, ou du moins qu'elle aurait eu un tout autre résultat. L'irrésolution du Roi, la fatale influence de son conseil privé, l'appareil menaçant des puissances, le manifeste du duc de Brunswick, les imprudentes démonstrations des émigrés; toutes ces causes affaiblirent le gouvernement constitutionnel, et donnèrent plus de force et d'énergie aux opinions républicaines. Les ambitieux, les anarchistes, profitèrent de cette nouvelle révolution qui s'opérait dans les idées. Leur parti s'accrut de jour en jour, et finit par renverser la seule barrière qui eût pu le contenir, si cette barrière (la Constitution) n'eût pas été aussi odieuse à la Cour qu'à cette faction. (*Voir* les Mémoires du temps).

4) PAGE 10, VERS 17.

Faible dans la grandeur. . . . . .

Des panégyristes maladroits ont voulu sauver Louis XVI de ce reproche. D'autres, n'écoutant que leurs passions et des intérêts particuliers, le lui ont prodigué en en faisant une fausse application. Ce n'est pas être téméraire que de devancer le jugement de la postérité, et de dire que Louis XVI eut assez de générosité pour entreprendre le bien, mais pas assez de fermeté pour l'accomplir. Faible roi (dit un historien), il devint, dans l'infortune, une victime courageuse et résignée. Il périt pour avoir hérité de ce despotisme, sanguinaire sous Louis XIII, oppresseur sous Louis XIV, étroit et tracassier sous Louis XV, et qui, toujours corrupteur, a de plus en plus dégradé, avili les Français. (Abrégé chronologique.)

5) PAGE 11, VERS 2.

. . . . . . L'un d'eux lui refuse sa voix.

Tout le monde connaît, malheureusement pour la mémoire de cet avocat, et son nom et son refus de défendre le roi. Il était âgé de 54 ans. Il avait défendu le cardinal de Rohan dans l'affaire du collier. Tronchet, plus que septuagénaire, accepte en déclarant que celui qui est appelé si publiquement à la défense d'un accusé, ne peut refuser son ministère, sans prendre sur lui-même de prononcer un jugement, *téméraire* avant tout examen des pièces, *barbare* après cet examen.

6) PAGE 11, VERS 13.

Mais quel est ce Français. . . . . .

Lamoignon, ce ministre patriote dans un temps de despotisme, se dévoue lui-même à cette mission dangereuse. Cet acte héroïque, de la part d'un ministre qui avait éprouvé les disgraces de la cour, fut admiré de tous les peuples civilisés.

7) PAGE 11, VERS 27.

Lamoignon, ton nom seul. . . . . .

On ne saurait trop répéter que ce vertueux citoyen s'opposa avec une constante vigueur à la création des impôts désastreux et à l'avidité des financiers. L'agriculture, l'industrie, le commerce, les beaux-arts, les sciences et les lettres, trouvèrent en lui un protecteur éclairé. Il s'éleva avec force contre les *tribunaux d'exception* et les *lettres de cachet.* Il n'entra au ministère que sous la condition qu'il ne serait fait usage de ces dernières que par lui ; c'était les abolir. Il ne s'éleva pas avec moins de force contre *les abus de la force militaire*, presque toujours l'aveugle instrument de la vengeance des gens en place. *Personne*, disait-il hardiment au roi, *n'est ni assez grand, pour se mettre à l'abri de la haine d'un ministre, ni assez petit, pour n'être pas digne de celle d'un commis. Les lettres de cachet ne sont ordinairement la punition que des discours indiscrets : on n'a de preuve de ceux-ci que par la délation : preuve toujours incertaine, puisqu'un délateur est toujours un témoin suspect.* (Avis à tous les hommes d'état).

Ennemi inflexible du pouvoir arbitraire, défenseur ardent des opprimés, il passa sa vie à essuyer des pleurs, et n'en fit point verser.

8) PAGE 12, VERS 11.

Ton ame citoyenne. . . . . .

Heureuse expression, employée par Louis XVI dans sa correspondance avec ce ministre.

Les fameuses remontrances de Lamoignon irritèrent contre lui la cour, et, en général, tous ceux qui avaient intérêt au maintien des abus.

9) PAGE 12, VERS 17.

Triomphez, courtisans. . . . . .

Les intrigues, les cabales des courtisans firent disgracier Turgot, surnommé le *vertueux.* Lamoignon ne voulut pas rester au ministère, après la disgrace de son ami. L'éloignement de ces deux ministres intègres suffirait pour prouver l'ascendant fatal que certains hommes obtenaient sur la faiblesse et l'irrésolution du prince. Le public indigné se vengea des courtisans, selon son habitude, par des épigrammes. Voici le fragment d'un rondeau que fit éclore la retraite de ces deux hommes de bien :

Deux gens de bien se voyaient à Versaille;
Deux à la fois, c'était une trouvaille !
Sots et fripons, ça faites bien ripaille,
La Cour sera votre champ de bataille;
Car, grace à vous, il n'est plus à Versaille
Deux gens de bien.

[10]) PAGE 13, VERS 21.

Quel pénible examen. . . . . . .

Nul ne pouvait pénétrer auprès des prisonniers de la tour du Temple qu'après avoir été assujéti à la visite la plus rigoureuse et la plus humiliante.

[11]) PAGE 13, VERS 26.

Dans ses affections. . . . . .

Presque aussitôt qu'il fut décidé que LOUIS serait jugé par la convention, on le sépara de sa famille.

[12]) PAGE 14, VERS 2.

. . . . Cet acte solennel,

Son testament.

13) PAGE 15, VERS 24.

. . . . sut dompter la nature.

Les défenseurs n'ayant qu'onze jours pour préparer la défense du roi, désespérèrent de pouvoir remplir leur tâche dans un si court délai. Ils demandèrent à LOUIS la permission de s'adjoindre M. Desèze, orateur estimé, qui s'empressa de répondre à leur invitation. Quand on considère le nombre des pièces et le travail immense qu'elles nécessitèrent, on doit être étonné que deux vieillards n'y aient point succombé.

NOTES

DU CHANT DEUXIÈME.

[1]) PAGE 16, VERS 7.

. . . . Voyez-vous de Septembre,

Ceux qui avaient résolu la mort de LOUIS XVI, déployèrent l'appareil de la terreur pour obtenir la majorité, en arrachant quelques votes craintifs à la faiblesse et à la pusillanimité. On vit, en effet, autour de la Convention et jusques dans les tribunes, les hommes sinistres de Septembre. Un député, menacé par un de ces assassins, eut le courage de lui répondre, en découvrant sa poitrine : *frappe, je ne voterai pas la mort.*

[2]) PAGE 18, VERS 6.

Mais comme l'infortune. . . . . . .

Lorsque LOUIS parut, pour la première fois, devant la Convention, sa barbe était longue et ses cheveux en désordre ; ce qui, joint à l'altération de ses traits, lui donnait un aspect douloureux et attendrissant.

La surveillance ombrageuse de la Commune l'avait privé des objets les plus nécessaires ; tels que ciseaux, rasoirs, etc.

3) PAGE 19, VERS 24.

Le silence a fait place. . . . . . .

Il ne s'agit ici que de la faction que dirigeaient les Marat, les Robespierre, et désignée sous le nom de la Montagne.

4) PAGE 20, VERS 3.

En vain quelques Français parlent d'humanité.

Parmi les représentans qui eurent la fermeté de montrer la seule opposition qu'il était alors permis de manifester, il en est un surtout qui se fit remarquer par son courage, en combattant avec force la *motion de juger sans désemparer*. Il fait partie de ce petit nombre de citoyens qui ont traversé la révolution au milieu des dangers, en se plaçant toujours entre les oppresseurs et les opprimés. On se rappelle, avec attendrissement, la lutte si glorieuse qu'il soutint à la tribune, au péril de ses jours, lors de la révolution du 31 mai. Il défend encore, par son éloquence et par ses écrits, nos libertés constitutionnelles. Il est inutile de le nommer : son nom est un *nom* véritablement *historique* dans les fastes du patriotisme.

5) PAGE 22, VERS 15.

Les portes de la tour. . . . . . .

Aussitôt que l'appel au peuple eût été rejeté, l'entrée de la tour du Temple fut interdite aux défenseurs de LOUIS XVI.

6) PAGE 22, VERS 27.

L'astre du jour pâlit. . . . . . .

Le 21 janvier, jour de la mort du Roi, le temps fut couvert, et obscurci par un épais brouillard.

NOTES

DU CHANT TROISIÈME.

[1]) PAGE 25, VERS 21.

Ils sont tout-à-la-fois. . . . . . .

Les tribunaux révolutionnaires jugeaient ceux qu'ils accusaient. Bientôt toute défense fut interdite aux prévenus.

[2]) PAGE 26, VERS 4.

Ces suspects étonnés. . . . . .

La faction dont Robespierre était le chef, dressait ses listes de proscription. *Des conspirations, factices* pour la plupart, telles que celles connues sous la dénomination des *athées*, des *immoraux*, etc., servaient de prétexte apparent à tant d'exécutions.

On voyait impliqués dans ces prétendus complots, des hommes entièrement opposés d'opinions, et qui n'avaient jamais eu la moindre relation entre eux.

³) PAGE 26, VERS 24.

Vous succombez comme eux. . . . . .

Après la révolution du 31 mai, vingt-deux membres du côté droit de la Convention, députés de la Gironde, furent condamnés à mort, et exécutés comme complices, dans l'absurde conspiration dite du *fédéralisme*.

⁴) PAGE 27, VERS 5.

Séides forcenés. . . . . .

Les membres de l'affreux tribunal révolutionnaire s'entendaient avec la faction des Terroristes, sur le nombre des prévenus qu'ils devaient condamner ou absoudre.

⁵) PAGE 27, VERS 15.

Un parent, un ami devant lui se présente,

Un parent de Lamoignon, prévenu d'émigration, fut arrêté chez ce dernier; il entraîna dans son malheur et son bienfaiteur et toute sa famille. Du moins ce fut le prétexte qui servit à colorer une aussi horrible atrocité.

⁶) PAGE 28, VERS 7.

Ces juges-assassins. . . . . .

On dit que les juges fermaient ou détournaient les yeux,

craignant l'aspect de ce vieillard vénérable, et les signes d'émotion des assistans.

7) PAGE 32, VERS 1er.

Il tombe . . . .

Ce fut le 22 avril 1794, que périt sous la hache révolutionnaire le meilleur citoyen, l'homme le plus intègre et le plus vertueux qui se soit montré à la Cour.

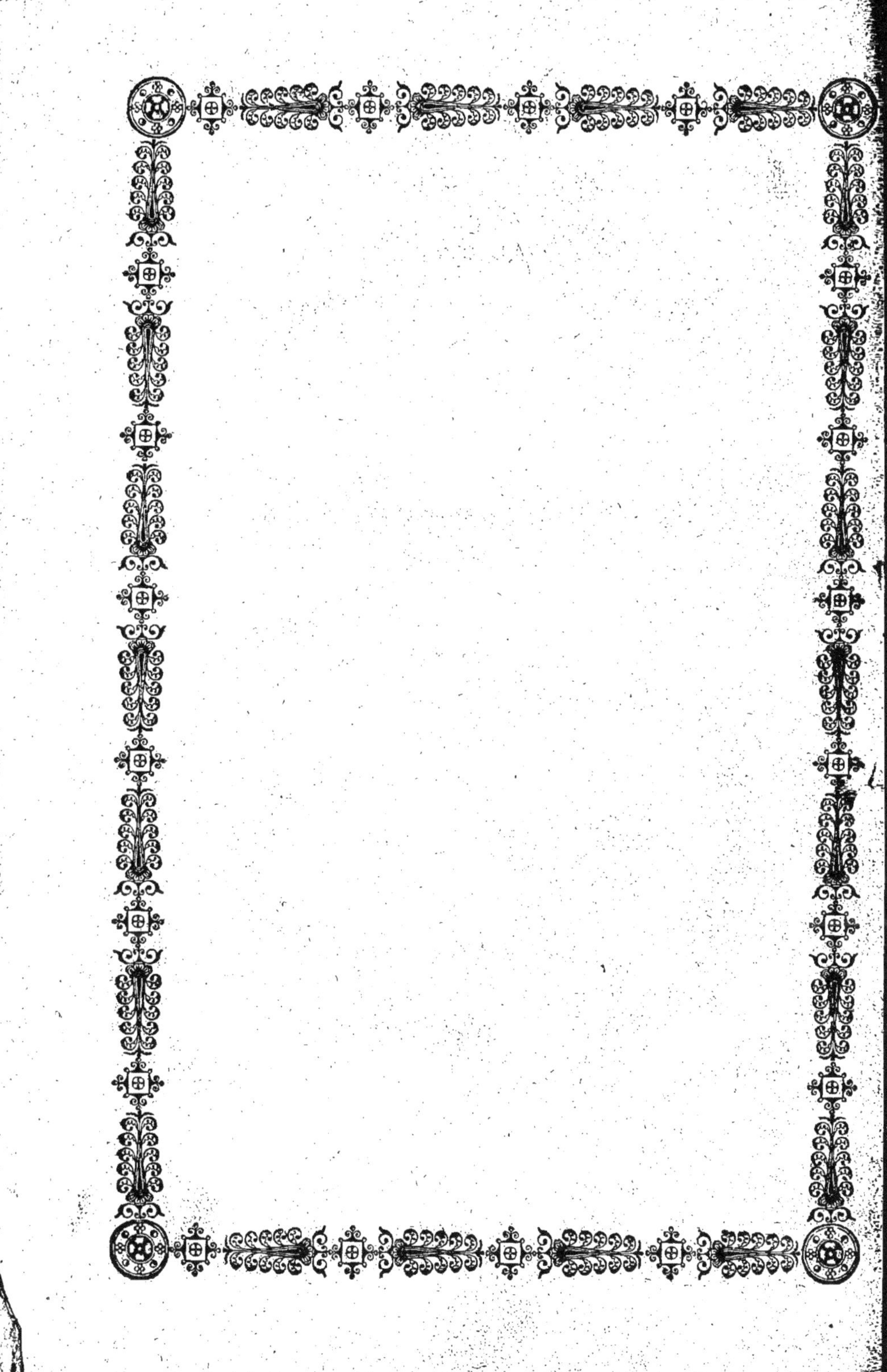

www.ingramcontent.com/pod-product-compliance
Ingram Content Group UK Ltd.
Pitfield, Milton Keynes, MK11 3LW, UK
UKHW020453230726
13925UKWH00005B/1913